# Analyse de l'œuvre

Par Johanne Boursoit
et Pauline Coullet

# Nana

d'Émile Zola

# Rendez-vous sur lepetitlitteraire.fr et découvrez :

Plus de 1200 analyses
Claires et synthétiques
Téléchargeables en 30 secondes
À imprimer chez soi

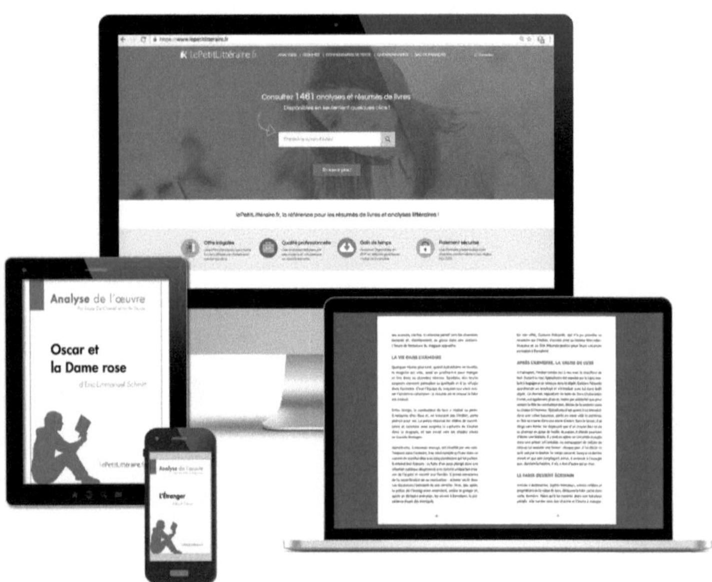

# ÉMILE ZOLA

## ÉCRIVAIN ET JOURNALISTE FRANÇAIS

- **Né en 1840 à Paris**
- **Décédé en 1902 dans la même ville**
- **Quelques-unes de ses œuvres :**
    - *L'Assommoir* (1876), roman
    - *Au Bonheur des dames* (1883), roman
    - *Germinal* (1885), roman

Né en 1840 et décédé en 1902, Émile Zola est considéré comme l'un des romanciers majeurs du XIX$^e$ siècle en France. Il est aussi le chef de file du naturalisme, un mouvement qui entend appliquer à la littérature les méthodes scientifiques expérimentales de l'époque : après observation du réel, Zola émet une hypothèse et la vérifie par expérimentation dans ses œuvres. Il illustre notamment cette esthétique dans le cycle romanesque des *Rougon-Macquart*, une fresque de vingt livres qui constitue son œuvre principale et qui connaitra un grand succès malgré de nombreuses critiques.

Zola est également célèbre pour ses prises de position, souvent sources de condamnation. La plus notoire concerne l'affaire Dreyfus : son pamphlet *J'accuse… !* (1898) contribua grandement à l'issue heureuse du procès du capitaine Dreyfus (1859-1935).

# *NANA*

## ITINÉRAIRE D'UNE « COCOTTE » FASCINANTE SOUS LE SECOND EMPIRE

- **Genre :** roman
- **Édition de référence :** *Nana*, Paris, Le Livre de Poche, coll. « Les Classiques de Poche », 1978.
- **1ʳᵉ édition :** 1880
- **Thématiques :** naturalisme, société, prostitution, Second Empire, vices, misère

Neuvième roman du cycle des *Rougon-Macquart*, *Nana* rencontre un énorme succès auprès des lecteurs, même si l'œuvre a été vivement condamnée par la critique à cause du caractère jugé immoral de certaines scènes.

Publié en 1880, *Nana* relate l'ascension fulgurante d'une « cocotte » sous le Second Empire (1852-1870). Cette ouvrière miséreuse, issue d'une classe sociale populaire décrite dans *L'Assommoir* (1877), fait tourner la tête des hommes les plus distingués de Paris et finit par débaucher cette classe « d'en haut », avant de mourir défigurée par la petite vérole.

# RÉSUMÉ

## CHAPITRE I

Il est 21 heures. Des personnalités du monde parisien (Fauchery, un journaliste ; la Faloise, son cousin ; Steiner, un banquier ; le comte Xavier de Vandeuvres ; le comte Muffat, chambellan de Napoléon III, accompagné de son épouse et de son beau-père, le marquis de Chouard ; Labordette) et des dames de la bourgeoisie se pressent au théâtre des Variétés pour découvrir Nana, jeune première, dans une parodie mythologique : *Blonde Vénus*.

Anna Coupeau, surnommée Nana, 18 ans, apparait peu vêtue dans le rôle de Vénus. Elle se révèle être une bien piètre actrice et une mauvaise chanteuse. Elle parvient toutefois à charmer tous les hommes de la salle ainsi que les spectatrices qui, à l'issue de la pièce, l'acclament en chœur.

## CHAPITRE II

Le lendemain, dans son appartement financé par une de ses conquêtes, Nana, déjà courtisane, ainsi que Zoé, sa femme de chambre, s'affairent à régler son horaire serré : les hommes qui entrent et sortent de son appartement ne doivent jamais se croiser. Nana a un enfant de 2 ans, Louiset, qui vit dans un village avec sa nourrice. En plus des habitués, d'autres admirateurs, conquis par sa prestation de la veille, se pressent chez elle. Parmi eux figurent le comte Muffat (homme pourtant très dévot), son beau-père, le marquis de Chouard, et un très jeune garçon, Georges Hugon.

# CHAPITRE III

Chaque mardi, l'épouse de Muffat, la comtesse Sabine, convie dans son salon les personnalités les plus distinguées de Paris. Cette semaine sont notamment présents les spectateurs de la première représentation de la *Blonde Vénus*. Sous cape, ces hommes ne parlent que de la soirée donnée le lendemain par Nana. Ils sont ainsi plus curieux de savoir qui s'y rendra qu'ils ne sont soucieux du climat politique tendu induit par Bismarck (homme d'État allemand, 1815-1898).

# CHAPITRE IV

Au souper de Nana, qui finira en débandade ridicule à cause de la chaleur et l'alcool, se retrouvent des personnes issues de mondes bien différents : des « hommes respectables » côtoient des actrices et des courtisanes. L'absence du comte Muffat ne laisse pas Nana indifférente.

# CHAPITRE V

Les représentations de la *Blonde Vénus* vont bon train, et Nana reçoit la visite d'un prince dans sa loge. En outre, l'actrice parvient à séduire Muffat. Exalté par l'ambiance des coulisses et par les figurantes déshabillées, ce dernier en oublie la bienséance et embrasse Nana. Celle-ci rentrera tout de même avec le prince.

# CHAPITRE VI

Grâce à sa liaison avec le banquier Steiner (qui a quitté la comédienne Rose Mignon pour elle), Nana, devenue célèbre, reçoit de sa part une maison de campagne voisine des Fondettes, la résidence de M^me Hugon. Cette dernière, qui méprise Nana, y séjourne avec son fils Georges et y convie ses amis parisiens. Appâtés par la proximité avec Nana que leur offre cette invitation, ceux-ci y répondent favorablement. L'actrice entame une liaison avec Georges Hugon. Dans le même temps, Muffat, obsédé par l'actrice, ne cesse de l'épier et de la suivre. Ses efforts paient : il finit par passer la nuit avec elle.

## CHAPITRE VII

La liaison de Muffat et de la courtisane se poursuit, sans grande passion du côté de Nana. Un article de Fauchery la surnomme « la mouche d'or » (p. 201), précisant qu'elle s'est envolée de l'ordure et corrompt tous ceux sur qui elle se pose. Muffat lit l'article à Nana qui préfère contempler sa nudité dans le miroir. Ils discutent des femmes et de l'amour et finissent par se disputer : Nana lui laisse entendre que sa femme le trompe avec Fauchery.

## CHAPITRE VIII

Les créanciers guettent Nana, désargentée depuis sa récente rupture avec Muffat. Entretemps, elle est tombée amoureuse de Fontan, un acteur des Variétés lui aussi. Ils s'installent ensemble à Montmartre avec Louiset, le fils de Nana. Rapidement, les choses dégénèrent : l'acteur la bat et la contraint à se prostituer pour subvenir aux besoins du ménage. Nana se rapproche de Satin, une amie d'enfance qu'elle retrouve sur le trottoir et avec qui elle se livre à la prostitution. Une amitié amoureuse les unit. Cependant, lors d'une rafle, Satin est arrêtée.

Rose Mignon, rivale de Nana, devient la maitresse de Muffat après avoir été celle de Fauchery.

## CHAPITRE IX

Nana retourne alors auprès de sa femme de chambre et renoue avec le comte Muffat qui lui obtient, aux Variétés, un rôle de femme honnête. Dans la foulée, il lui promet un hôtel particulier. Bien qu'il se rende compte de la situation dégradante dans laquelle il tombe en fréquentant une courtisane, il reste complétement obsédé par Nana. Celle-ci ne convainc personne dans son nouveau rôle, la pièce est un échec.

## CHAPITRE X

Installée dans le luxe et entretenue par Muffat, Nana lui promet fidélité en même temps qu'elle reçoit d'autres hommes, parmi lesquels Vandeuvres et les frères Hugon. Elle en vient vite à les dépouiller. Nana, amoureuse de Satin, impose cette dernière dans sa demeure, et toutes deux, lors d'un repas, évoquent leurs origines. Vandeuvres, ruiné, compte se refaire avec un cheval qu'il prépare pour une course hippique. Il donne à sa pouliche *outsider* le nom de Nana.

## CHAPITRE XI

Le Grand Prix, fréquenté par le Tout-Paris, voit le sacre de la pouliche Nana : au milieu des parieurs, des jockeys et des propriétaires, on célèbre autant le triomphe de la jument que celui de Nana, plus chic et plus admirée que jamais. Parallèlement, Vandeuvres, qui s'est rendu coupable d'escroquerie, est démasqué. Ruiné, il s'enferme dans son écurie avant d'y mettre le feu.

## CHAPITRE XII

Nana est de plus en plus exigeante à l'égard de Muffat et reçoit toujours autant d'hommes. Son hôtel, à commencer par ses domestiques, est tout à fait désorganisé.

Elle arrange le mariage de Daguenet, un de ses anciens amoureux, avec Estelle, la fille du couple Muffat. Lors des fiançailles, les deux mondes, celui des courtisanes et celui de la haute société, se mêlent à nouveau. Muffat découvre une lettre que sa femme a envoyée à Fauchery : il ne peut plus ignorer qu'elle le trompe.

## CHAPITRE XIII

Un matin, Muffat surprend Nana avec Georges Hugon. Quelques heures plus tard, après avoir appris la relation de Nana et de Philippe Hugon, son propre frère, Georges la demande en mariage. Face à son refus, il se suicide tandis que son frère Philippe, qui commettait des vols pour entretenir la courtisane, est démasqué et emprisonné.

D'ennui, Nana multiplie les liaisons avec de pauvres et de riches partenaires tout en ruinant tous ceux susceptibles de l'être. Elle n'épargne pas Muffat, qui ferme les yeux sur ses nombreux amants et supporte humiliations et mauvais traitements. Pourtant, lorsqu'il découvre l'actrice avec son beau-père, le marquis de Chouard, il la quitte. Il se repent alors de la bassesse à laquelle il s'était laissé aller et se réfugie dans la religion. Zoé, la domestique des premiers temps, quitte Nana à son tour, au moment même où Satin meurt à l'hôpital.

## CHAPITRE XIV

De dégout, Nana vend tous ses biens et disparait. Lorsqu'elle revient richissime de Russie, dit-on, c'est pour assister à la mort de Louiset, victime de la petite vérole. Elle contracte à son tour la maladie et meurt défigurée dans une chambre d'hôtel, entourée de toutes les courtisanes dont Rose Mignon, qui désormais la soutient. Au-dehors, devant le comte Muffat désemparé, les cris de la foule annoncent la guerre franco-prussienne et la débâcle française.

### LE SECOND EMPIRE

Le Second Empire est un régime politique français dirigé par Napoléon III (1808-1873) entre 1852 et 1870 suite au coup d'État de 1851. Napoléon III impose un régime autoritaire, limitant les libertés individuelles, et lance la France dans la voie de l'industrialisation et du capitalisme. En politique extérieure, l'empereur rompt le nombre de ses alliances et engage notamment une guerre contre la Prusse en 1870.

# ÉTUDE DES PERSONNAGES

## NANA/ANNA COUPEAU

Nana est la fille de Gervaise Macquart et de Coupeau, les héros de *L'Assommoir*, roman dans lequel elle apparaissait déjà. Après avoir quitté sa misère d'origine et son emploi de fleuriste auprès de sa tante, M$^{me}$ Lerat, elle joue les « cocottes », terme courant de l'époque qui désigne une prostituée de luxe : elle se fait entretenir par ses amants et mène une vie de demi-mondaine. Parallèlement, elle commence une carrière d'actrice à succès, malgré son manque évident de talent, grâce à la fascination qu'elle exerce sur la gent masculine. Enfant, Nana était déjà consciente de son pouvoir sur les hommes : le vice faisait partie de son caractère.

Lors du récit, elle est âgée de 18 ans, et a déjà un enfant dont elle ne s'occupe pas. Corpulente, sa peau est laiteuse et sa crinière blonde lui descend jusqu'aux reins. Elle dégage une sensualité quasi animale.

Nana manque d'intelligence. Elle est décrite comme une « bonne fille » et a bien conscience de sa beauté, allant jusqu'à passer des heures à s'observer nue dans un miroir. Elle veut faire partie du grand monde et y parvient en entretenant des relations avec des hommes de ce milieu, qu'elle ruine par ses exigences de femme vénale et que, le plus souvent, elle méprise. En semant le désordre dans les couches sociales les plus élevées, elle venge inconsciemment ses parents et leur condition misérable.

Ainsi, Nana est multiforme :

- elle est apparentée à plusieurs sortes d'animaux. Tantôt fauve, tantôt pouliche, elle est également mouche dans l'article de Fauchery ;
- elle est aussi sorcière lorsqu'elle envoute les hommes ;
- elle revêt un caractère mythologique et païen en interprétant Vénus.

Symbolisant la décadence de l'Empire, elle se ruine petit à petit et meurt défigurée par la petite vérole.

## LES PROCHES DE NANA

Sa tante, M^me^ Lerat, lui a donné son premier emploi de fleuriste. Elle est toujours très contente de lui rendre un service en échange d'argent. Elle veille sur Louiset, le fils de Nana.

Louiset est un enfant à la santé fragile dont Nana ne se préoccupe que par tocade. Il meurt de la petite vérole peu avant sa mère.

Zoé, sa femme de chambre, lui est très fidèle. Bonne conseillère, elle lui évite un temps bien des ennuis avant que le chaos ne gagne l'hôtel privé de Nana. Ainsi, même ses domestiques ne la respectent plus. Peu avant la mort de Satin, Zoé reprend la maison close dans laquelle Nana avait fait ses débuts de courtisane.

## LE COMTE MUFFAT

Homme laid, ce chambellan de Napoléon III fait preuve,

au début du roman, d'une grande moralité et de dévotion religieuse. Il connait une sexualité tardive et « se rattrape » dans les bras de Nana lorsqu'il ne peut plus réprimer ses pulsions. Il en ressent toutefois une immense honte. Il est ensorcelé par l'actrice et cède à tous ses caprices, aussi bien matériels que sentimentaux ou charnels. Lorsqu'il la surprend avec son beau-père, le marquis de Chouard, il la quitte. La mort de Nana le laissera cependant désemparé.

Son épouse Sabine, âgée d'une trentaine d'années, suit le même chemin : au départ irréprochable et d'aspect sec et froid, elle prendra elle aussi un amant, Fauchery, et dépensera des sommes folles.

Le comte Muffat et Sabine laissent Nana les tirer vers le bas et entrainent dans leur chute toute leur classe sociale. Ils sont les représentants de la société du Second Empire que Zola veut décrier.

## SATIN

Satin est une amie d'enfance de Nana devenue prostituée : les deux jeunes filles se sont connues en pension. Elle est belle et jeune, mais tient un langage peu raffiné. C'est une fille des rues. Nana reprend contact avec elle lorsqu'elle aussi retourne sur le « trottoir », après l'échec de sa relation avec Fontan. Satin prend petit à petit une place considérable dans la vie de la jeune courtisane et lui fait découvrir la société lesbienne de son époque. Partageant une complicité étonnante, elles entretiennent une relation amoureuse passionnée. Nana place leur amour au-dessus de tous les autres, car il n'est pas intéressé par l'argent.

Elle apprécie également l'aspect provocant de leur relation homosexuelle.

Très vite, Satin s'installe dans l'appartement de Nana et devient la preuve de la liberté de la courtisane, qui l'exhibe devant ses amants. Pourtant, dans cette relation, c'est bien Satin qui a le dessus : « [Satin] avait fini par prendre un empire absolu sur Nana, qui la respectait. » (chapitre XIII)

Satin tombe gravement malade à la fin du roman. Avant de quitter Paris, Nana ira la voir une dernière fois :

> « Je vais à l'hôpital... Personne ne m'a aimée comme elle. Ah ! On a bien raison d'accuser les hommes de manquer de cœur !... Qui sait ? Je ne la trouverai peut-être plus. N'importe, je demanderai à la voir. Je veux l'embrasser. » (*ibid.*)

## LES MONDAINS

Ils font partie du grand monde, de la bonne société, mais ne se comportent pas mieux que les classes inférieures. Ils ont des maitresses, les entretiennent et perdent toute morale. Ils ont tous eu une liaison avec Nana, qui les ruinera :

- Steiner, le gros banquier, entretient Rose Mignon avec le consentement de son mari ;
- Fauchery, journaliste, devient l'amant de Rose Mignon, puis de Sabine Muffat ;
- Vandeuvres devient un escroc et se suicide ;
- Georges Hugon, jeune homme auquel Nana est peut-être un peu plus attachée, se suicide suite au refus de la cour-

tisane de l'épouser ;
- Philippe Hugon, son frère, commet des vols pour entretenir l'héroïne, ce qui lui vaut d'aller en prison ;
- Daguenet, l'amoureux de Nana au début du roman, épouse, grâce à l'influence de la courtisane sur le comte Muffat, la fille de ce dernier. Le jour de ses noces avec Estelle Muffat, il s'offre d'abord à Nana.

En résumé, tous ces hommes n'ont qu'une idée en tête : profiter au maximum de la vie au moyen de comportements dénués de moralité.

# CLÉS DE LECTURE

## LE NATURALISME

### La méthode de Zola

Zola est l'auteur de vingt romans qui constituent le cycle des *Rougon-Macquart*, sous-titré *Histoire naturelle et sociale d'une famille sous le Second Empire*. Mais qu'entend-on par « naturelle » ?

Cette notion est à lier au fait que Zola est le chef de file du naturalisme, un courant littéraire qui s'oppose au romantisme et qui s'inscrit dans la lignée du réalisme. L'école naturaliste se fonde sur le déterminisme, une notion qui démontre l'ensemble des causes et conditions nécessaires à la détermination d'une personne. Le déterminisme est donc basé sur une relation de cause à effet : la personnalité d'un individu est soumise à ses antécédents. Le naturalisme entend mettre en évidence « l'obéissance de l'homme à un double déterminisme : l'hérédité biologique et l'influence du milieu » (*Anthologie de textes littéraires du Moyen Âge au XX$^e$ siècle*, 1998, p. 144). Les deux dynamiques essentielles dans la démarche naturaliste sont donc l'homme et son milieu.

Partant de ce postulat, Zola applique une méthode scientifique, inspirée par le D$^r$ Claude Bernard (1813-1878), à la littérature : l'écrivain émet, après observation, une hypothèse et la vérifie par expérimentation. Au moyen de son récit, Zola place un personnage déterminé dans une histoire bien précise et en dégage la succession des faits qui obéit au double déterminisme précédemment cité. Cette démarche, qui se veut scientifique, doit mener à une meilleure connaissance de l'homme.

## Le déterminisme chez Nana

Selon le point de vue naturaliste, le personnage de Nana, issu d'une famille d'alcooliques et plongée dans un milieu amoral, ne peut que connaitre une fin tragique.

En effet, Zola, dans la fresque des *Rougon-Macquart*, déploie un arbre généalogique entier sur plusieurs romans afin de prouver l'importance de la génétique et du milieu social dans le développement des personnes. Ainsi, tous les protagonistes du cycle portent en eux les gènes pervertis de tante Dide, à la racine de l'arbre, qui souffrait de folie. Celle-ci a eu des enfants issus de deux liaisons : le premier, le fils de l'honnête Rougon, est devenu un homme intelligent, avide de pouvoir et d'argent. Toute la lignée Rougon, ou presque, sera marquée par l'ambition et la manipulation. À l'inverse, les enfants issus de la seconde liaison hors mariage de la tante Dide, avec le rustre Macquart, seront paresseux et alcooliques comme leur père. C'est le cas d'Antoine qui aura plusieurs enfants dont Gervaise, la mère de Nana. Personnage principal de *L'Assommoir*, Gervaise forme avec Coupeau un couple misérable et alcoolique.

### L'ASSOMMOIR D'ÉMILE ZOLA

*L'Assommoir*, publié en 1877, est le septième volume de la série des *Rougon-Macquart*. Il a suscité une certaine polémique à sa sortie car il est totalement consacré au monde ouvrier : il utilise donc un langage qui peut être grossier, et dépeint surtout la misère et l'alcoolisme de ce milieu.

L'ouvrage relate la vie de Gervaise Macquart dans un quartier populaire parisien avec son amant et leurs deux enfants. Elle travaille comme blanchisseuse lorsque son compagnon l'abandonne. Jolie et courageuse, elle épouse alors un ouvrier, Coupeau, avec qui elle connait une certaine prospérité. Elle donne naissance à Nana. Mais le bonheur est de courte durée : son mari se met à fréquenter l'Assommoir, un lieu de perdition où l'alcool coule à flots, où Gervaise finira par le suivre. La déchéance du couple se prolonge tout au long du livre, du taudis dans lequel ils vivent jusqu'à la prostitution à laquelle Gervaise doit s'adonner.

Ainsi, l'ascendance pitoyable de Nana est cruciale pour identifier son caractère et son comportement. Fauchery, dans son article intitulé « La mouche d'or », décrit sa personnalité en fonction de son hérédité. Elle est « née de quatre ou cinq générations d'ivrognes, le sang gâté par une longue hérédité de misère et de boisson, qui se transformait chez elle en un détraquement nerveux de son sexe de femme » (chapitre VII). Nana, du fait de la logique de l'hérédité, est poussée au vice et à la perversion à cause du « détraquement nerveux » que ses gènes lui causent.

Zola, derrière la chronique de Fauchery, analyse aussi son conditionnement social :

> « Elle avait poussé dans un faubourg, sur le pavé parisien ;
> et, grande, belle, de chair superbe ainsi qu'une plante de
> plein fumier, elle vengeait les gueux et les abandonnés dont
> elle était le produit. Avec elle, la pourriture qu'on laissait
> fermenter dans le peuple remontait et pourrissait l'aristo-
> cratie. » (*ibid.*)

Son personnage est donc la conséquence directe d'un milieu social misérable, malsain et en décomposition. La misère, tout comme l'hérédité, revêt la forme d'une fatalité implacable pour Nana.

Ainsi, la courtisane est vouée, « sans le vouloir elle-même », à corrompre et à désorganiser Paris « entre ses cuisses de neige » (*ibid.*). Le comte Muffat en est d'ailleurs conscient :

> « En trois mois, elle avait corrompu sa vie, il se sentait déjà
> gâté jusqu'aux moelles par des ordures qu'il n'aurait pas
> soupçonnées. Tout allait pourrir en lui, à cette heure. Il eut
> un instant conscience des accidents du mal, il vit la désorga-
> nisation apportée par ce ferment, lui empoisonné, sa famille
> détruite, un coin de société qui craquait et s'effondrait. »
> (*ibid.*)

Nana subit autant son déterminisme héréditaire et social qu'elle ne le fait endurer aux autres : elle est vouée à tout corrompre autour d'elle, autant les hommes que la société bourgeoise en elle-même.

## LA PEINTURE DE DIFFÉRENTS MONDES

Zola, avant la rédaction de ses œuvres, se documente énormément et traverse une phase intense d'observation, afin de peindre, dans chaque roman du cycle des *Rougon-Macquart*, un milieu différent. Ainsi Nana met-elle en scène deux mondes :

- **le théâtre**. Zola, ayant passé quelques jours dans un de ces établissements, nous en offre un tableau aussi complet que détaillé : la scène, les coulisses, les loges, l'entrepôt des décors, les « baignoires », la sortie d'artistes, les trois coups, les répétitions, la préparation des acteurs et même les odeurs sont décrits ;
- **la prostitution**. Véritable industrie sous le Second Empire dont on trouve, dans ce roman, un échantillon complet (de la fille publique à la riche courtisane), elle se veut le reflet d'une société et d'un régime gangrénés. La prostitution ne connait d'essor que parce que les classes « d'en haut » veulent bien se laisser corrompre. Zola avait également fait la visite de la maison d'une entremetteuse, prenant note des moindres gestes accomplis, lors du maquillage par exemple.

## LA CRITIQUE SOCIALE

### La déviance

Zola fait se dérouler l'intrigue de son roman dans les salons parisiens du Second Empire, au milieu du faste et de la richesse, afin d'étudier les tabous d'un monde lisse en apparence et pourtant empli de vices et de contradictions. Dans le dossier préparatoire de *Nana*, il explique, de façon assez brutale, que :

> « [Son] sujet philosophique [c'est] toute une société se ruant

sur le cul. Une meute derrière une chienne qui n'est même
pas en chaleur et qui se moque des chiens qui la suivent.
Le poème des désirs du mâle, le grand levier qui remue le
monde. » (*Les Rougon-Macquart*, p. 403)

Il étudie donc, dans *Nana*, une fille aux mœurs légères à
une époque où la prostitution, bien que présente, était
taboue. Si Zola en fait le sujet de son roman, ce n'est pas
par désir de provocation mais, au contraire, pour analyser
minutieusement ce phénomène : il fait de Nana, en quelque
sorte, un cobaye afin de déterminer autant les causes que
les conséquences d'un tel comportement déviant. L'œuvre
de Zola est donc une sorte de laboratoire où sont analysés
les personnages et leur évolution.

Nana est d'autant plus provocante qu'elle est bisexuelle :
une « déviance » terrible au XIX$^e$ siècle que Zola évoque donc
bien plus discrètement que la prostitution, à l'aide d'allusions et de sous-entendus. On ne trouve en effet qu'une
dizaine de passages qui y font référence dans le roman tandis que le mot « homosexualité » n'est jamais mentionné.
Ce thème est pourtant bien visible dès le début du roman,
lorsque Fauchery et Vandeuvres évoquent les réceptions
chez Laure Piedefer :

« Alors, ils ricanèrent, les yeux luisants, se donnant des
détails sur la table d'hôtes de la rue des Martyrs, où la grosse
Laure Piedefer, pour trois francs, faisait manger les petites
femmes dans l'embarras. Un joli trou ! Toutes les petites
femmes baisaient Laure sur la bouche. » (chapitre III)

L'univers lesbien est d'ailleurs presque toujours mentionné

uniquement par un baiser, seul détail admis pour suggérer les relations amoureuses.

On assiste ainsi assez rapidement au basculement de Nana vers l'homosexualité. Le premier signe avant-coureur est la féminité de son amant George Hugon. Il nous est présenté comme un être androgyne « avec ses yeux clairs et ses frisures blondes de fille déguisée en garçon » (*ibid*.). C'est sa fragilité qui séduira Nana. Elle ira même jusqu'à le déguiser en fille :

> « – Oh ! Le mignon, qu'il est gentil en petite femme !
> Il avait simplement passé une grande chemise de nuit à entre-deux, un pantalon brodé et le peignoir, un long peignoir de batiste, garni de dentelles. Là-dedans, il semblait une fille, avec ses deux bras nus de jeune blond, avec ses cheveux fauves encore mouillés, qui roulaient dans son cou. » (chapitre VI)

L'affirmation de son amour lesbien pour Satin signalera ensuite le début de sa déchéance.

En effet, malgré la volonté de Zola de garder une certaine neutralité, inhérente au naturalisme (il montre les travers d'une société mais ne donne, la plupart du temps, aucun jugement de valeur en tant que narrateur), il définit la relation de Satin et Nana comme vicieuse. Au moment où Nana est au sommet de sa gloire (elle réussit en tant qu'actrice et est la maitresse d'hommes haut placés), sa vie bascule lorsqu'elle commence à fréquenter Satin. Elle sera, par exemple, obligée de fuir la police alors qu'elle est au lit avec son amante. La Vénus du début du roman se retrouvera alors « grelottante, morte de peur. Ses pieds nus saignaient, déchirés par le grillage ». Elle sera même comparée à une « souillon » (chapitre VII).

## La chute de l'Empire

On peut voir, dans la chute de Nana, le symbole du déclin du Second Empire. Bien que la courtisane soit issue des couches populaires, son entrée dans le monde l'avait placée du côté de l'Empire. Elle-même s'envisage du côté de l'Empire plutôt que du peuple, assumant pleinement son changement de statut :

> « Puis la conversation étant tombée sur les troubles qui agitaient Paris, des articles incendiaires, des commencements d'émeute à la suite d'appels aux armes, lancés chaque soir dans les réunions publiques, elle s'emporta contre les républicains. Que voulaient-ils donc ces sales gens qui ne se lavaient jamais ? Est-ce qu'on n'était pas heureux, est-ce que l'empereur n'avait pas tout fait pour le peuple ? Une jolie ordure le peuple ! Elle le connaissait, elle pouvait en parler. » (chapitre X)

Parallèlement au déclin de l'héroïne, le lecteur assiste au déclin du régime politique : Zola fait de multiples allusions aux troubles du Paris de l'époque. Nous sommes en effet à la veille de la guerre de 1870, qui signera la fin du Second Empire.

La mort de Nana est annoncée par la maladie de Satin, qui est « en train de crever à Lariboisière » (chapitre XIII). Nana disparaitra ensuite pendant des mois avant de revenir atteinte de la petite vérole. Sa décomposition physique succède ainsi à sa décomposition morale : elle achève sa vie telle « un tas d'humeur et de sang, une pelletée de chair corrompue, jetée là sur un coussin ». Elle agonise sur les cris des citoyens dans la rue « À Berlin ! À Berlin ! » (*ibid.*), qui annonce la guerre de Prusse. La fin de Nana coïncide donc avec la chute du régime. Nana, dans sa décadence, personnifie le Second Empire : elle représente le déclin d'un régime vicié, qui a entrainé lui-même sa chute (le Second Empire est en effet marqué par le coup d'État de Napoléon III, la spéculation effrénée, la lutte des classes et la dépravation morale).

Mais la courtisane n'est pas seule dans sa chute. En effet, Nana pourrit la société qui, déjà corrompue, lui avait donné naissance. Sans véritablement en former le vœu, elle venge ses parents en semant le chaos et la ruine. Elle désorganise la haute société et brouille les repères sociaux : les courtisanes vont aux mêmes courses hippiques que Napoléon III, et les filles de joie assistent aux fiançailles d'une comtesse. Toute la société du Second Empire est gangrénée dans le roman. Nana infecte la haute bourgeoisie, et sa dépravation morale est contagieuse. L'auteur critique le gouvernement autoritaire et inégalitaire, qui promet d'immenses fortunes d'un côté et, pour le plus grand nombre, une profonde misère. Dans un effet de parallèle, la haute société échoue à garder ses valeurs tout comme le Second Empire échoue dans son règne.

Cette désorganisation sociétale mène donc à une terrible issue : la guerre franco-prussienne et les innombrables morts qu'elle causera.

# LES PROCÉDÉS D'ÉCRITURE

Dans un souci d'objectivité propre au naturalisme, plusieurs traits caractérisent l'écriture de Zola :

- **l'utilisation du pronom « on »**. Par l'emploi de ce pronom indéfini, le narrateur laisse la place au personnage qui observe le monde et tente de l'expliquer, tel que cela apparait dans cet extrait à propos des courses hippiques :

  > « Valerio II tenait encore la tête ; mais Spirit le gagnait, et derrière lui Lusignan avait lâché, tandis qu'un autre cheval prenait la place. On ne comprenait pas tout de suite, on confondait les casaques. » (p. 347)

- **le discours indirect libre qui ponctue le récit**. Il superpose la voix du narrateur à celle du personnage, comme l'exprime cette intervention de Zoé :

  > « Elle se permettait de dire ce qu'elle pensait. D'abord, elle aimait beaucoup madame, elle avait quitté exprès madame Blanche, et Dieu sait si madame Blanche faisait des pieds et des mains pour la ravoir ! » (p. 38)

Dans cet extrait, c'est Zoé qui s'exprime. Ainsi aurait-on pu très bien lire : « Zoé dit qu'elle aimait beaucoup madame... » en discours indirect. En supprimant le verbe introductif, la voix du narrateur se superpose à celle de Zoé.

- **la multiplication des points de vue**. La réalité est dépeinte à travers de multiples regards, offrant au lecteur une représentation plus complète de la société décrite. Ainsi, au chevet de Nana, alors que la guerre franco-prussienne se prépare, les avis des courtisanes divergent :

> « – Oui, si l'on voulait de moi, je m'habillerais en homme pour leur flanquer des coups de fusil, à ces cochons de Prussiens ! [...]
> – Ne dis donc pas de mal des Prussiens !.... Ce sont des hommes pareils aux autres, et qui ne sont pas toujours sur le dos des femmes, comme tes Français... » (p. 435)

Un type de description ne participant pas au souci d'objectivité de Zola est toutefois récurrent : les foules indifférenciées. Au sein de ces groupes, l'individu se trouve effacé au profit d'une puissance collective renforcée. Le réalisme est alors dépassé, et le grossissement épique fait son apparition. La description que fait Zola de la foule scandant « À Berlin ! » en est un bon exemple :

> « Des torches passaient encore, secouant des flammèches ; au loin, les bandes moutonnaient, allongées dans les ténèbres, pareilles à des troupeaux menés de nuit à l'abattoir ; et ce vertige, ces masses confuses, roulées par le flot, exhalaient une terreur, une grande pitié de massacres futurs. » (p. 435)

Cette description épique annonce la chute tonitruante de l'Empire, moment phare de l'Histoire et du roman.

*Nana* est donc un roman à multiples facettes, puisqu'il dépeint autant une héroïne dépravée, qu'un monde vicié et un régime corrompu.

Trois ans auparavant, *L'Assommoir* avait marqué un tour-

nant dans la vie de Zola : sa publication avait créé une certaine polémique à cause de son sujet qualifié de vulgaire et
choquant. Cela n'avait pas empêché son grand succès. Avec
*Nana*, l'auteur scandalise à nouveau. On lui reproche son
langage et ses personnages grossiers, on qualifie *Nana* de
« roman quadrupède » (titre du journal satirique *Charivari*,
25 octobre 1880). De leur côté, Flaubert, Huysmans et
Maupassant affichent leur enthousiasme. Ainsi, même s'il
divise, le succès de *Nana* est immense et ne s'est ensuite
jamais démenti.

# PISTES DE RÉFLEXION

## QUELQUES PISTES POUR APPROFONDIR SA RÉFLEXION...

- Fauchery, dans son article, surnomme Nana « la mouche d'or ». Expliquez ce surnom.
- À partir du moment où Vandeuvres appelle sa pouliche « Nana », la jeune femme est comparée à l'animal. Expliquez la signification et le but de cette comparaison.
- Quelles classes sociales sont représentées dans ce roman ? Certaines ont-elles davantage de moralité que les autres ? Justifiez votre réponse.
- Quelles sont les valeurs défendues par Nana et par les autres personnages ?
- Le but de Zola est d'arriver à une meilleure connaissance de l'homme. Qu'avez-vous appris sur l'homme tout au long de ce roman ?
- Expliquez la méthode naturaliste de Zola à partir de *Nana*.
- Pourquoi pensez-vous que ce roman a été qualifié d'obscène ?
- Zola se montre-t-il critique à travers cette œuvre ?
- Quels sont les procédés utilisés par l'auteur pour être le plus objectif possible ?
- À votre avis, pourquoi Zola décrit-il de manière récurrente les foules ?
- Dans une des adaptations cinématographiques de *Nana*, Muffat tue l'héroïne. Que pensez-vous de cette fin ?

*Votre avis nous intéresse !*
*Laissez un commentaire sur le site de votre librairie en ligne*
*et partagez vos coups de cœur sur les réseaux sociaux !*

# POUR ALLER PLUS LOIN

## ÉDITION DE RÉFÉRENCE

- Zola É., *Nana*, Paris, Le Livre de Poche, coll. « Les Classiques de Poche », 1978.

## ÉTUDES DE RÉFÉRENCE



- Alluin B., *Anthologie de textes littéraires du Moyen Âge au XX<sup>e</sup> siècle*, Paris, Hachette, coll. « Scolaire », 1998, p. 444-449.
- Beaumarchais P.-A. de et Couty D., *Dictionnaire des grandes œuvres de la littérature française*, Paris, Larousse, 2001, p. 869-871.
- Hamon P. et Roger-Vasselin D., *Le Robert des grands écrivains de langue française*, Paris, Le Robert, 2000, p. 1450-1457.
- Lagarde A. et Michard L., *XIX<sup>e</sup> siècle. Les grands auteurs français du programme*, tome V, Paris, Bordas, 1966, p. 483-492.
- Mitterand H., *Dictionnaire des grandes œuvres de la littérature française*, Paris, Le Robert, 1992.
- Zola É., Les Rougon-Macquart. Une page d'amour, Nana, Pot-Bouille, vol. 3, Paris, Omnibus, 2012.



## ADAPTATIONS

- *Nana*, pièce de Busnach, France, 1880.
- *Nana*, film de Jean Renoir, avec Catherine Hessling, Jean Angelo et Werner Krauss, France et Allemagne, 1926.

- *Nana*, film de Christian-Jaque, avec Martine Carol, Walter Chiari et Charles Boyer, France et Italie, 1955.
- *Nana*, feuilleton télévisé de Maurice Cazeneuve, avec Véronique Genest, Guy Tréjan et Patrick Préjean, France, Belgique et Suisse, 1981.
- *Nana*, feuilleton télévisé d'Édouard Molinaro, avec Lou Doillon, Bernard Le Coq et Jean-Claude Brialy, 2001, France.

## SUR LEPETITLITTÉRAIRE.FR

- Commentaire de lecture portant sur le chapitre XIV d'*Au Bonheur des dames* d'Émile Zola.
- Commentaire de lecture portant sur la scène du bal de *La Curée* d'Émile Zola.
- Commentaire de lecture portant sur l'incipit de *Germinal* d'Émile Zola.
- Commentaire de lecture portant sur le chapitre V de la cinquième partie de *Germinal*.
- Commentaire de lecture portant sur l'incipit de *Nana*.
- Commentaire de lecture portant sur le chapitre VI de *Nana*.
- Fiche de lecture sur *Au Bonheur des dames*.
- Fiche de lecture sur *Germinal*.
- Fiche de lecture sur *Jacques Damour* d'Émile Zola.
- Fiche de lecture sur *L'Argent* d'Émile Zola.
- Fiche de lecture sur *L'Assommoir* d'Émile Zola.
- Fiche de lecture sur *L'Œuvre* d'Émile Zola.
- Fiche de lecture sur *La Bête humaine* d'Émile Zola.
- Fiche de lecture sur *La Curée*.
- Fiche de lecture sur *La Fortune des Rougon* d'Émile Zola.

- Fiche de lecture sur *La Mort d'Olivier Bécaille et autres nouvelles* d'Émile Zola.
- Fiche de lecture sur *La Terre* d'Émile Zola.
- Fiche de lecture sur *Le Ventre de Paris* d'Émile Zola.
- Fiche de lecture sur *Madame Sourdis et autres nouvelles* d'Émile Zola.
- Fiche de lecture sur *Pot-Bouille* d'Émile Zola.
- Fiche de lecture sur *Thérèse Raquin* d'Émile Zola.
- Questionnaire de lecture portant sur *Germinal*.
- Questionnaire de lecture portant sur *Nana*.

# Retrouvez notre offre complète sur lePetitLittéraire.fr

- des fiches de lectures
- des commentaires littéraires
- des questionnaires de lecture
- des résumés

---

**ANOUILH**
- Antigone

**AUSTEN**
- Orgueil et Préjugés

**BALZAC**
- Eugénie Grandet
- Le Père Goriot
- Illusions perdues

**BARJAVEL**
- La Nuit des temps

**BEAUMARCHAIS**
- Le Mariage de Figaro

**BECKETT**
- En attendant Godot

**BRETON**
- Nadja

**CAMUS**
- La Peste
- Les Justes
- L'Étranger

**CARRÈRE**
- Limonov

**CÉLINE**
- Voyage au bout de la nuit

**CERVANTÈS**
- Don Quichotte de la Manche

**CHATEAUBRIAND**
- Mémoires d'outre-tombe

**CHODERLOS DE LACLOS**
- Les Liaisons dangereuses

**CHRÉTIEN DE TROYES**
- Yvain ou le Chevalier au lion

**CHRISTIE**
- Dix Petits Nègres

**CLAUDEL**
- La Petite Fille de Monsieur Linh
- Le Rapport de Brodeck

**COELHO**
- L'Alchimiste

**CONAN DOYLE**
- Le Chien des Baskerville

**DAI SIJIE**
- Balzac et la Petite Tailleuse chinoise

**DE GAULLE**
- Mémoires de guerre III. Le Salut. 1944-1946

**DE VIGAN**
- No et moi

**DICKER**
- La Vérité sur l'affaire Harry Quebert

**DIDEROT**
- Supplément au Voyage de Bougainville

**DUMAS**
- Les Trois
  Mousquetaires

**ÉNARD**
- Parlez-leur
  de batailles,
  de rois et
  d'éléphants

**FERRARI**
- Le Sermon sur la
  chute de Rome

**FLAUBERT**
- Madame Bovary

**FRANK**
- Journal
  d'Anne Frank

**FRED VARGAS**
- Pars vite et
  reviens tard

**GARY**
- La Vie devant soi

**GAUDÉ**
- La Mort du
  roi Tsongor
- Le Soleil des
  Scorta

**GAUTIER**
- La Morte
  amoureuse
- Le Capitaine
  Fracasse

**GAVALDA**
- 35 kilos d'espoir

**GIDE**
- Les
  Faux-Monnayeurs

**GIONO**
- Le Grand
  Troupeau
- Le Hussard
  sur le toit

**GIRAUDOUX**
- La guerre de
  Troie
  n'aura pas lieu

**GOLDING**
- Sa Majesté des
  Mouches

**GRIMBERT**
- Un secret

**HEMINGWAY**
- Le Vieil Homme
  et la Mer

**HESSEL**
- Indignez-vous !

**HOMÈRE**
- L'Odyssée

**HUGO**
- Le Dernier Jour
  d'un condamné
- Les Misérables
- Notre-Dame
  de Paris

**HUXLEY**
- Le Meilleur
  des mondes

**IONESCO**
- Rhinocéros
- La Cantatrice
  chauve

**JARY**
- Ubu roi

**JENNI**
- L'Art français
  de la guerre

**JOFFO**
- Un sac de billes

**KAFKA**
- La Métamorphose

**KEROUAC**
- Sur la route

**KESSEL**
- Le Lion

**LARSSON**
- Millenium I. Les
  hommes qui
  n'aimaient pas
  les femmes

**LE CLÉZIO**
- Mondo

**LEVI**
- Si c'est un
  homme

**LEVY**
- Et si c'était vrai…

**MAALOUF**
- Léon l'Africain

**MALRAUX**
• La Condition
  humaine

**MARIVAUX**
• La Double
  Inconstance
• Le Jeu de l'amour
  et du hasard

**MARTINEZ**
• Du domaine
  des murmures

**MAUPASSANT**
• Boule de suif
• Le Horla
• Une vie

**MAURIAC**
• Le Nœud
  de vipères

**MAURIAC**
• Le Sagouin

**MÉRIMÉE**
• Tamango
• Colomba

**MERLE**
• La mort est
  mon métier

**MOLIÈRE**
• Le Misanthrope
• L'Avare
• Le Bourgeois
  gentilhomme

**MONTAIGNE**
• Essais

**MORPURGO**
• Le Roi Arthur

**MUSSET**
• Lorenzaccio

**MUSSO**
• Que serais-je
  sans toi ?

**NOTHOMB**
• Stupeur et
  Tremblements

**ORWELL**
• La Ferme
  des animaux
• 1984

**PAGNOL**
• La Gloire de
  mon père

**PANCOL**
• Les Yeux jaunes
  des crocodiles

**PASCAL**
• Pensées

**PENNAC**
• Au bonheur
  des ogres

**POE**
• La Chute de la
  maison Usher

**PROUST**
• Du côté de
  chez Swann

**QUENEAU**
• Zazie dans
  le métro

**QUIGNARD**
• Tous les matins
  du monde

**RABELAIS**
• Gargantua

**RACINE**
• Andromaque
• Britannicus
• Phèdre

**ROUSSEAU**
• Confessions

**ROSTAND**
• Cyrano de
  Bergerac

**ROWLING**
• Harry Potter à
  l'école des sor-
  ciers

**SAINT-EXUPÉRY**
• Le Petit Prince
• Vol de nuit

**SARTRE**
• Huis clos
• La Nausée
• Les Mouches

**SCHLINK**
• Le Liseur

**SCHMITT**
- La Part de l'autre
- Oscar et la Dame rose

**SEPULVEDA**
- Le Vieux qui lisait des romans d'amour

**SHAKESPEARE**
- Roméo et Juliette

**SIMENON**
- Le Chien jaune

**STEEMAN**
- L'Assassin habite au 21

**STEINBECK**
- Des souris et des hommes

**STENDHAL**
- Le Rouge et le Noir

**STEVENSON**
- L'Île au trésor

**SÜSKIND**
- Le Parfum

**TOLSTOÏ**
- Anna Karénine

**TOURNIER**
- Vendredi ou la Vie sauvage

**TOUSSAINT**
- Fuir

**UHLMAN**
- L'Ami retrouvé

**VERNE**
- Le Tour du monde en 80 jours
- Vingt mille lieues sous les mers
- Voyage au centre de la terre

**VIAN**
- L'Écume des jours

**VOLTAIRE**
- Candide

**WELLS**
- La Guerre des mondes

**YOURCENAR**
- Mémoires d'Hadrien

**ZOLA**
- Au bonheur des dames
- L'Assommoir
- Germinal

**ZWEIG**
- Le Joueur d'échecs

L'éditeur veille à la fiabilité des informations publiées, lesquelles ne pourraient toutefois engager sa responsabilité.



www.lepetitlitteraire.fr

ISBN version numérique : 978-2-806-29189-9
ISBN version papier : 978-2-8062-9190-5
Dépôt légal : D/2016/12603/917

Avec la collaboration de Pauline Coullet pour l'analyse du personnage de Satin, ainsi que pour les chapitres « Le déterminisme chez Nana » et « La critique sociale ».

Conception numérique : Primento,
le partenaire numérique des éditeurs.

Ce titre a été réalisé avec le soutien de la Fédération Wallonie-Bruxelles, Service général des Lettres et du Livre.